서벽당집

서벽당집

홍신선 시집

문학동네

自序

괴물이란 말은, 국어사전에 의하자면, 괴상한 물건이나 사람을 뜻한다고 되어 있다. 대략 한 세대쯤의 시간 간격을 띄어놓고 이번에 다시 읽은 이 『서벽당집』은 내 젊은 날의 그리운 집이면서도 괴물이라는 느낌을 지울 수가 없다. 다시 덧때우고 바르고 또 기워야 할 부분이 너무 많았기 때문이다. 허나 어찌하랴, 방황 많이 한 이십대의 약 십여 년이, 그 시절의 내 삶이 바로 괴물이었음에랴.

옛 작품들을 다시 읽고 추스리면서 이번에 대폭은 아니고 어느 정도 손을 보았다. 아마도 머지않은 앞날에 전집을 낸다면 그때에는 대폭 개축을 시도해볼 작정이다. 관심을 가지고 내 젊은 날의 괴물 같은 삶을 새삼 읽어주실 독자 여러분들의 도움말과 나무람을 기대해본다.

2000년 세밑
홍신선

차례

제 2 부

제 3 부

제4부

제1부

서른 나이에

허위허위 달려서 한동안도 끝나는가.
지나온 어스름 속에는
땀 흘려 퍼내버린 하늘이며 절망이며
갈대의 얼굴이
사위어버린 한 마지기 시간으로 떨어져 있다.
광대한 어두운 입으로 땅거미들도
허망을 울고 있다.
이제 앞에는
귀때기 하얀 달빛들이 쓸다 놓은
한두 마당의 허공이 희부옇게 걸려 있다.
마저 쓸어가야 할
희뿌연 죽음만이 보인다.

밤

건답에 까만 털투성이의 어둠이 와서 어슬렁거린다.
내다버린 폐기된 사랑들이
잿가리처럼 그 바닥에 시대의 뚝에 쌓여 있다.
차거운 공간으로
내비치는 환한 속살을 여미며
달밤들은 멀리 비켜서 있느니
곯어 엎드린 산맥 뒤에서 허공은 멍하니 바라보고 있다.
이 밤에
우리가 뻐로써 곳곳에 뒤벼놓은
침묵을
공기들이 어석거리며 밟히는 소리를
밤이 더욱 까만 털투성이의 몸을 뒤설렌다.

어스름이 와서

널처럼
서산에 적막을 지고 와 어스름이 앉아 있다.
지고 온 적막을 허공과 들에 내려주고 있다.
그 너머
뒷전에 커다란 검정 치마폭을 날리며
처져서 오고 있는 밤의 모습이 보인다.
마른 쑥방망이에 내려준 적막을 불붙여 들고
먼 들의 나무들이 집을 나선다.
찾아드는 밤의 앞길을 비추러 나선다.
누가 조막(浩漠)한 천지에 슬픔을
환히 불 피웠는가.
왕겨처럼 슬픔의 재티들이 날고
까맣게 허공의 몸이 끄슬려
시오리에 걸린다.
서산에 죽음을 지고 넘어오는 밤이 보인다.

이제는 다

이제는 다 물러갔다.
소리없이 타 들어오던 내 피 속의
아흔 가리 시름도
차디찬 말로 꺼져서
그 모습이 울 밖에 쌓이고

퇴방에 섬들이로 져다 쌓은
허망
그도 이제 모두 내왕하는 식객 구름에
되질해 퍼냈느니

내 마음속 훤히 널린 들에는
돌아선 대낮의 등에
곤히 무욕의 어린 날이
업혀서 잠이 들고

건너다 보이는 허공에는
고요만이 그 모습이 커오고 있다.
다 물러간 이제
닦고 닦은

그 훤한 얼굴이
햇빛 속에 잘 보이고 있다.

능안 동리
—棲碧堂에서

가야지, 옛 마을
앞벌에 그 보막이 뚝에
공허 하나 하얀 앙가슴을 풀어헤치고 쉬느니
논 귀퉁이에 버리고 왔던
죽은 시속(時俗)들을 보러 가야지.

멀리 돌아가는 언덕 뒤로 하늘도
민대머리를 젖혀 들고
첫잠 속에 묻혀 누웠고

이제 하루의 잘잘못을 헤치며
품꾼들이 놋대접만한 입으로
무안을 웃는 고향.

버젓하던 포부도 길〔丈〕로 다 개켜서 치웠느니
그 전답에는
묵은 그루터기와
고단한 거구의 몸을 뒤척이는
저녁 어스름이 보이리라.

녹슨 그네틀 속에 산하를 다 훑어버리고
술 쪽박에 솟구쳐 뜨던 인심도
다 건져버리고
개화만 마시는 고향.

더 못 견디는 이제 가야지
앞벌에 그 개울 두둑에 쉬고 있는 공허
논 귀퉁이에 터져나간
죽은 시속을 보러 가야지

논
—내 아버지께

1

쑥대밭 머리에
앉아서
논바닥 검불 더미에 쓰러진 가난을 펴 던지겠다.
변변한 이웃은
타관으로 모두 빠져나가
저희들 세상에서
끝없는 등을 보이더라만
그렇다 아직도
지평에
허리 동아리 퍼렇게 드러난
허공으로 서서
펴 던지겠다.
대대로 쓰러진 가난을 펴 던지겠다.

2

쉿된 뜸부기 울음소리
물이여

네 설움 하나이 뜸부기 목청에
가서 앉았다 저렇게 날아온다.
골짜기 개울에
눈 멀었던 허공과 배고픔을
눈 띄어 데리고
허옇게 내려앉는다.
내려와 까칠한 성깔들을 서로 들이대며
바람 속에
한 시대와 싸움질을 하느니
올해에도
네 설움은
뜸부기 목청에 가서 앉았다
저렇게 날아와 앉는다.

3

지나던 한낮들이
민대머리로 나와 쉬고 있다.
속임수들을 데리고, 등 굽은
언덕들을 데리고

나와 쉬는 한낮이여
무슨 일이냐
이 빈촌에
황달 들어 누렇게 얼굴이 뜨던
허무도
부기를 꺼서
이 산과 들에 집어다 주었느니
무슨 일이냐
논둑마다
멍하니 이도 없는 입을 벌리고
앉은 한낮이여
무슨 일이냐
속임수들을 데리고 등 굽은
언덕을 데리고
너는 나와 쉬느니.

4

어둠 속에 졸다가
한마디 말을 떨어뜨렸다.

물 바다에
말은
살이 풀려서
의미의 허연 알몸뚱이를 드러내고 있다.
죽은 말이여
누가 저 아래 물꼬에서
너의 전생애를 훔쳐서
따라갔느냐.
그 뒤로 나는
꿈속의 개풀들 사이
부끄러운 알몸뚱이를 드러내고 풀려 있는
말을 보았다.
눈물 속에
죽어서 뜨는 내 앞날이 보이곤 했다.

5

돌아가 있다.
시커멓게 화병으로 온몸이
타들어가던

어둠들이 꺼져 있다.
꺼져서
벗어서 끄던 살과 마음도
그냥 그대로
이 산천에 다 던져두고
어둠은
제집으로 돌아가 있다.
살아서 그리움이듯
죽어서 저 맑은 눈을 뜬
어둠아
돌아가고 돌아간
이 골짜기 눈물에
얼굴이 허옇게 질린 허망만이
남아 있다.
남아서
벼 끄트러기에
찔린 발에서 흐르는 피로
아픔을 씻고 있다.

6

오늘은
허허한 논틀에
빈속들을 허옇게 빨아 널고
허공만이 비켜 앉아 쉬고 있다.
다아 어디로 갔는가
말없이 산맥들이 두 무릎을 꿇고 앉아
지키던 죽음
바람아
너는
한덩이 꿈으로 이승을 찾아다
구경시키더니
자욱한 몸부림으로
천지의 집을 다녀 나가더니
다아 어디 갔는가
오늘은
논틀에 실속은 다 떼어먹히고
빈속이나 헹구어 넌
허공만이 지켜 앉아 쉬고 있다.

7

수렁 자리 물꼬에
물로 앉아서
벌름한 제 살 속을 훤히 들여다보고 있다.
내 시름이여
거기 표표히 능수버들로
푸른 유삼(儒衫)을 걸치고 선
긴 여름 나절을 본다.
허이연 망초꽃으로 피어서
다니러 온
작년에 만났던 가뭄을 본다.
멀찍이 허수아비에 적막을 버텨놓고
물은
제 살 속의 반생을
들여다보고 있다.

8

건답배미 몇 마지기에
슬픔과 노환을 부리고
마차길에 달구지가 돌아간다.
술독처럼
성(性)만이 끓고 괴어서
뜨는 한 나라
어두워지는 반도의 가뭄을 밝혀서 들고
그 길뚝가의 시든 찔레꽃들이 왔느니
소지처럼 인심을 태우며 와
있느니
목매임처럼 허공에 걸린
달밤만이
크고 하얀 손을 펴서 어루만지고 있다.
성과 이 아픔을.

9

환장한 허기들이 눈에 불을 쓰고

이 고을을 뒤진다.
겉메밀같이
확 속에 넣고 찧고 대끼던
가난
확 속의 그 가난을 펴서
전해 받은 삼베 고의를 걸치고 죽음이
되어와 선
대낮에
끼얹어가며 뒤진다.
집집마다
퇴비처럼 쌓인
절망과 환난을 뒤지며
허기야
논에 불을 쓴 너는
당금에 사는 나의 삶이 되기도 한다.

10

벼 벤 논엔
무딘 조선 낫자국이 흐옇게 난

대낮이
모습을 보이고 섰다.
서서
우긋한 가래풀 사이
죽어서 뜬 하늘이 내장이 다 드러난 내 공백이
엿보인다 끄덕이고 있다.
크고 검은 눈을 껌벅이며
왜가리처럼 서서 끄덕이고
텃논엔
시커멓게 등이 썩어서 버린
그늘이 누워 있다.
한 팔로 평생 사를 여한처럼
껴안고 모로 쓰러져 있다.

11

홑옷 차림으로 주저앉은 가뭄의 모습이 보인다.
가호마다
두엄더미처럼 쌓인 슬픔에
불을 그대는

가뭄아
돌아다닌 마을과 산야는 타는 연기뿐이다.
다랑치 논에는
마지막 햇살이 늑골을 빼어 씻는 소리
눈물과 한숨도 희끗한 재로
다 타들어가며
하늘에 남아 떠돌고
허우대 큰 그 하늘이 땡삐 만한 아픔에 몸을 비킨다.
비키는 등 너머
주저앉은 너의 모습이 보인다.

12

그랬어요 그 3월달
달빛 속에서 풍기는
피냄새가 산하에 가득히 깔렸어요.
골짜기 건답배미들이 군데군데
허기에 허옇게 터졌어요.
그 허기에 은은히
어진 사내의 죽음이 내비쳐 보이기도 했어요.

허공에 뜬 그을음 같은
죽음이
한 세상을 체념으로 밝혀 들고
쫙 쫙
피냄새를 씻어내고 있었어요.
그랬어요 산하에는
달빛과 씻겨나가는 피냄새가
가득히 깔렸어요
그해 3월달에.

13

까막까치들이 산과 들에 허기처럼 난다.

이 강토를 뒤덮고
어두워지는 검은 재티가 되어 날며
쓰다듬느니 까막까치야
건갈이 논에
속살까지 흐옇게 까뒤집힌
달빛이 뒹굴고

그 허공에
초죽음이 되어 늘어진 달밤을
필부의 설움을
쓰다듬어 너는 울고 가느니
가는 네 앞에 이 강토의 또 남은 절반이 자욱한
어둠으로 남아 있다. 필부의 꿈처럼 남아 있다.

14

이 벌과 봇논에
홑두루마기 차림인 안개들이
과객처럼
자기 헛된 삶을 놓고
묵어서 간다.
누가 알겠느냐
안개여
동학년(東學年)에는
천한 가뭄이나 까막까치놀이 되어서
강호를 붉게 밝혀서 뒤덮어 나가던
너를 누가 알겠느냐

이제는 해마다
작인들의 봇물 속에
자기 헛된 삶을 비추다가
묵어서 가는,
네 앞의 땡볕 속에는
패해서 돌아온 산맥들만이
무릎과 무릎을 맞대고
묵연히
옛일을 지키고 앉았다.

나머지 시름은 이제

나머지 시름은 다 파헤쳐서 세상에 버린다.
앞벌에 푸시시 머리 헝클린 햇무리를 데리고 서서
그대의 삶과 비겁을 걷어서
하늘에 걸어두고 서서
한 가리 확고한 신념을 가려놓고 서서
뭐 할 일이 있니 비야
버리며 눈물의 녹다 남은 흰 살도 버리면서
거기 엎드린 고통도 깨워 제집에 데려다주었다.
등이 검은 하늘이
한 모의 묵처럼
앞벌을 먹어버리는 이제
내려쳐라 비야
짓궂게 웃으며
웅크린 우리의 소심과 시대의 목덜미를 내려쳐라
나머지 시름은 너처럼 다 헤쳐서 세상에 버린다.

물

이 세상의 어느 곳에나 죽은 물은 누워 있고
십리 뻘밭에
밤은 큰 쟁반 그득히
쌀톨 같은 말들을 담아들고 왔었더니
한 무더기 키 큰 미루나무 사이
옷자락을 펄럭이며 뛰더니
저 벼포기 새로
허옇게 나둥그러진
논물의 삶이 보인다.
그의 두 손에 움켜진 비밀이 보인다.

협곡

저 협곡에서
물은 화경에 고요를 잡아 비추어
들고 온다.
비춰든 화경 앞에서
장삼을 입은 나무 하나가
무심히 들여다보고 있다.
지워도 지워지지 않는
제 허무와 꿈을 들여다보고 있다.
그 다음 너머
협곡엔
달빛이 허연 샤쓰자락을 날리며
치솟아 떴다.

달빛

어느 모래톱에 오더니
달빛은
뿌옇게 적삼도 벗어들고 서서 있다.
달빛이여
자네가 기다리는
저 건너에
울음도 빼앗긴 들이 내팽개쳐져 있다.
유유히 돌아가는 허공의 뒷모습이 떠 있다.
물은 상류에서 결절된 성대를 허옇게 껄떡이며 오고
달빛이여
자네가 도중에서 만난 허망함도
나뭇잎 부딪는 소리에
다 데리고 나와서
우리의 한 시대가 여기 서서 있다.

마음

돌아가리
수수(須臾)의 빈집 이승도 지쳐두고
이제 홀로 마음은
뜰 앞에 내려 들으리
무색(無色) 하늘 속에 꿈틀대는 긴 여울
어느 구비쯤
어려서 내가 쳐놓은 통발 위엔
켜켜로 얹히는 소리
물비늘로 아잇적의 얼굴이
얹히는 소리 들으리

마음은
본성의 어두운 한 채 절간에 앉아
그 뇌성 속으로
피난해 들어가는 한 떼 나무들의
영혼을 불러내리리
불러내려
내 한평생
님의 눈썹 사이 흩어진 어둠을 쓸으리
발자국마다 청정한 뭇 별들이

뜨는 재미로 쓸으리.

아침

안산 마루에 걸터앉아 선잠을 깬
새벽은 더듬는다.
제등의 허공에 긴 팔을 넣어 더듬으며
문득 꺼내어 던지는
한 두름의 햇볕.
떨어지는 대팻밥 사이로
쉬임없이 어른거리는 얼굴을 본다.
어느덧 온갖 것의 혼을 빼러 와
숨어 있던 가을을 본다.

여름 낮

여름 한낮이 찾아왔다.
찾아와 답답한 가슴을 꺼내어
산과 들판에 맡겨놓고 늘어졌느니
오늘은
바람 한줄기로 숨어 피하던
체념도
논물 끝에서 허옇게 덜미를 잡혀
끌려 나오고
산그늘마다
돌아앉은 내 병도
솔직하게 나서고 있으니
오늘은
이 무더위도 모두 보겠다.
이 강산에 맡겨놓은
저 고요를 다 보겠다.

산꿩 소리

누가 죽어서
저 들판의 대머리 빗기며
묵묵히
공허가 되어 와 섰느냐.

이제 이 세상에서
자네의 꿈은
저 들보리밭에 우는 산꿩 소리에나
남아서
꿔구엉 꿔구엉
제 속을 제 속의 멍을
속속들이 다 뒤집어
허공에 허옇게 주느니

허공에 허옇게 들린
산꿩 소리나
받아들고
누가 묵묵히
공허가 되어 와 섰느냐.

장마

어디에나 흙북더기처럼 공백이 널려 있다.
보리 깜부기에 뿌옇게 허공의 긴 목덜미가
쓸리어 있다.
산비탈에 이 나라에 와 널려서
토사밭은
네 활개를 펴고 나자빠져 있다.
연년이 휘덮어가는 흙탕물 속에
젊음과 내 뼈아픔은
묻혀서 모두 떠내려갔다.
봉송처럼 그 이름을
싸서 보냈다.
토사밭은 계곡에 훗날을 밀어놓고
나자빠져 있다.
보리밭에 목덜미가 뿌옇게 쓸린 채
허공은 서서 보고 있다.
파고 파서 져나르던 나의 허망이 와
널려 있다.

저녁

가다 가다 이제는 저만큼 앞에 보인다.
앞서간 빗소리에
하나 남았던 시름도 다 딸려보내고
이제는 호올로
들머리에 남아서
저녁은 헤어지고 있다.
젖은 머리칼을 훤히 쓸어올리며 서서
전송 나온 미루나무와
그 너머 허공에
허옇게 제 살을 돌려주고 있는 것이 보인다.
이름도 생각도 다 벗어서 돌려주며
헤어지는 저녁이
이제는 가다 가다 저 앞에 보인다.

논

골짜기 건답배미에 적막이 하나 와서
죽은 듯이 떠 있다.
적막이여
너는 이맛전이 허옇게 벗어진
가난이 되어
마른 논틀로 여러 산천으로
웃고 다니더니
돌아왔구나
논물에 뒤척이던 내 어린 날을
집어다 시장기처럼 세상에 두고
말로도 가본 적이 없는
어느 햇볕 밖에 두고
오늘은 돌아와
저 건답배미에
다 삭은 재로 제 홀몸을 놓고서 떠 있다.

겨울

언덕 너머 개울에서 헤어지는구나
겨울이여
그 동안 이 촌락에 와서
한가한 적막이 되어 그 큰 덩치로
떠 있던 겨울이여
떠서는 잡념도 내게 보내주고
잡소리도 세상에서 움켜다가
저 산곡에 쥐어주더니
오늘은 떠나는가
한동안의 정의(情誼)도 다 자파하고
개울에 와서 훌훌히 헤어지는구나

산수(山水)

병풍 속의
어느 절벽에선
물이 기를 쓰고 떨어지나 보다.
속속들이 제 속에서
허옇게
노여움을 토해주며 떨어지나 보다.
이 앞의 산나무에도
노여움이 하나 내걸려서
햇볕들에 제 등을 벗어주고 있다.
실속 없이
제 기운까지 다 벗어 내주고 있다.
그대 꿈의
어느 절벽에선
물이 자꾸 기를 쓰고 떨어지나 보다.

가거라 이제

가거라 이제 선히 그 피냄새나
잘 보이는
여기 나는 남겠다.
바람아
어제는 아귀 같은 어둠을 만나
그중에 이빨을 허옇게 악물고 쫓아오는
바다를 만나
말 한마디까지
다아 뺏기고
산 구렁텅이에 쫓겨 들어온
너희들이 보였다.
옷이 찢겨서 우무르르한 속마음도 다
내보이고 있었다.
오늘은 푸르딩딩
찢겨서 걸린 아픔도
다 찾아서 데리고 가거라.
나는 이제
서언히 그 모습을 드러내는
피냄새나 잘 보이는
여기 남겠다.

새벽

먼 들에 새벽이
머리 푼 물푸레나무 한줄기를 입고
나와 서 있다.
새벽이여
큰 빗자루를 들고 간밤내 너는
하늘 천장의 말〔言語〕들을 훌 두드려
끄면서 뛰었다.
깔리는 광대무변의 먹그을음 사이에
번개와 함께 건을 쓴
네 삶의 어리석음이 어른거렸다.
너의 전신도
만리로 뿌옇게 새면서
새벽이여
먼 들로 나와서
의연히 푸른 물푸레나무 한줄기로
너는 서 있다.

산울림

누구냐 들녘 너머

두 무릎을 세우고 누운 산맥들 사이 와서

소리의 허연 신형(身形)만을 데리고 와서

묵연히 앉는

너는 누구냐

동란과 포 소리가 되어

온 나라 마을마다

그을음 묻은 몸을 들어내더니

오늘은 돌아와

얻어 쓴 빚처럼

이 산곡에

신형마저 훤히 다 털어내주는

너는 누구냐

한낮이여

누가 또 오는가
이 황지에
아픔 하나로 허옇게 세상을 밝혀 들고
앉은 한낮이여
국궁하는 산맥들도 등 두드려 옆에 앉히고
미움도 옆에 앉히고
누구를 또 기다리는가
너 있는 데
훤히 두루마기 차림으로 모습을 뵈이던
비도 사적인 죽음도
다 집어다 감추고
한낮이여
아픔 하나로 밝혀 든 이 세상에
아픔말고 또 누가 오는가
지나간 그 비에
송두리째 온몸을 빼앗기고
나자빠진 전답들에
너희는 앉아 있구나

만천집(滿天集)

1

애환의 안개들이 등과 등을 나누어
헤어지는
저 십리 포구에 들어서는 새벽아
자네 뒤의 섬들 새에서
공기의 흰 머리칼을 빗기면서
말의 혼백들은 전송을 나와 있다.
노래를 받아다 이승에 걸고
만리 허공에 걸고
새벽아
말잠자리만한 쪽달도 어깨에 얹고
자네 돌아왔다.
모질어 모질어
이 막막한 경지에 또 닿았다.

2

저 만천에 어느 넋이 돌아와 우느냐
아득한 성운의 두레우물에서

붙음 도르래로 햇볕을 내리고 퍼올리던
아침이여
경황없이 한 십 년 노래만을 데불고
떠돌다 들어온
사근(四近)엔 자네 가슴만 정정하구나.
문득 허공엔
말총벌만한 날빛들의 고만고만한
얼굴들이 박혀
어느 부위에도 빈자리 없거니
저 큰 만천엔 어느 넋이 돌아와 우느냐.

3

맞은쪽 산정에
밤이 하얗게 삭아서 걸렸다.
그 샛길에서
큰 벌목도로 어둠을 쳐 넘기며
초사흗날 어린 꿈 하나이
오고 있었다.
오다 오다

살이 터지고 뼈가 깨져
그 산정 날망에
남김없이 하얗게 걸렸다.
현기증처럼 삭아서 온 밤이 걸렸다.

4

물결들이 백천(百千)의 홑눈들을 떼록거린다.
그 유리 각막에
그림자 비쳐오느니
십리 먼 강산에
한 바리 노래로 유리걸식하던 자네
흰 물총새의 모습을 이루고 앉아
달빛이
산협의 키 큰 후박나무 사이로 앉아
그림자 비춰오느니
물결들은 살아서 백천의 홑눈들을 떼록거린다.

5

중천에 온몸의 넋을 끌러놓고 좀생이 별이 앉았다.
앉아서 희멀건 알몸으로 앉아서 어둠을 허비고 또 허비나 무지러진 말 한마디 나오지 않는다.
허물어진 어둠들 속에서 흰 날개를 접고 생각들이 기어 나온다. 그을음 묻은 등피 안에 물고 나온 삶을 환히 달고 있다.

밤은 저 천애를 날며 물까마귀의 부리로 꺼이꺼이 울고 있다.

6

광막한 어둠 위에 너희들 모습이 어른거린다.
노래야
저 은하 앞벌에 나와
말의 잔돌을 줍는
만리 밖에 뜬 노래야
어른거리며 번쩍거리며

문득 내 앞의 저 연봉에 와서
거대한 장막으로 날개가 걸쳐질 때
누가 또 물총을 쏘았는가
한줄기 물이 네게서 실끈을 이루고 죽는다.

7

보이는 길목마다 화등잔만한 불을 쓰고
어둠들이 앉아 있다.
달리고 뛰어오는 십 년의
저 앞에 앉아서 소리도 없이
온몸으로 막는다.
뼈가 허옇게 들어나 뵈는
그의 정강이를 걷어차며
한줄기 어린 나무의 혼으로
달려오는
허공의 샛길에 그 큰 허무를 등에 지고
한둘의 욕망이 쓰러져 있다. 어둠이 뒹굴고 있다.

8

한밤내 큰 달 앞에 나와 널려서 노래야
칠흑의 건판에서
한 장씩 네 운명의 부속을 빼다가
현상해 너는 노래야
빼다가 모두 현상해 와서는
너희들이
저 큰 달 앞에 던진
한 무더기 업적들을 본다.
만리 운무에 휘몰린
한 시대의 꿈을 본다.

9

건너편 협곡들 새로 나오는
어린 강의 옆구리가 하얗게 터져 있다.
어린 강아
네 등뒤로 새벽이 쫓아 들어가
너만한 어둠을 개켜 들고

상봉 위로 몸을 피할 때
피해서
그 희멀건 몸뚱이로
오리온 좌쯤 솟아 있을 때
너는
한세상 밖으로 울며 사라진다.

10

헤매나 길은 보이지 않는다.
멀리 산협에
얼뜨기 소방나무의 넋을 빼들고
달빛들이 내려와 섰다.
내려오며
저 상공에서 굴러내린
분위기가 온 들에
길〔丈〕로 아득히 쌓여 있다.
벗어나랴 하얗게 다리 내민
들불들이 홀로 가재걸음을 치고 있다.
동서남북 넋을 받아 들고 한밤내 헤매고 있다.

우울

어둠이 끝없는 발을 펼쳐서 걸었다.
눈이 큰 죽음이 하나 나와서
그 발 뒤에
서늘히 이마를 식히고 있다.
거기 어느 세상이냐
본의 아닌 재앙들을 밀어놓고
마지막 절규도
크게 켜서 걸어놓고
그 앞에
서늘히 이마를 드러내고 선
죽음아
네가 크고 검은 눈으로 들여다보는
이 강산에
나는 한줄기 당뇨로
뿌옇게 병색과 꿈을 서리고 앉았느니
거기 어느 세상이냐
어둠이 그 끝없는 발을 펼쳐서 걸었다.

제2부

분수

내 말밭에는

승부

바다

취우

먼 번개들이

이 밤을 밝히며

가을 강

연희

분수

한줄기 큰 거미가 되어
희멀건 몸뚱이를 뒤척인다.
분수여
솟아 떠오른 그 정상에
투명한 여덟 개의 다리로
너는 버티고 서서
퍼올리나 그 깊이 모를 열락들을 퍼올리고 있으나
더러 통이 큰 자루를 휘둘러온
바람에 휩싸여가고
허공에는 끊임없이 휘젓는
네 허무의 흰 다리들만이 돋아나고 있다.

내 말밭에는

낫 달은 저 준령 넘어
흰 눈자윌 붉혀 울고
십리뻘 내 말밭엔
햇살
구만리 장공 속에 해오라기 깃을 치며
날아온 그놈뿐이다.
화경알만한 달무리 너머 저쪽
상노놈은
인사불성인 어둠들을 걸쳐놓고
잡고 있다.
목에 걸린 천성을
시방 내 말밭에
끼루룩이며 오는 그놈들을 잡고
거기서 빠져온 눈이 큰 햇살뿐이다.

승부

실안개를 목에 건 고봉들을 비껴서
먹기러기 옷을 입고
밤은 내리더니 몸을 파고들더니
그 장천의 앞마당에
눈물과 시름을 솔씨처럼 까서
깔아 놓았다.
쓸고 오느니
지평에서 흰 비늘 일으켜 세운
새벽들이 쓸고 와
머리 위 이제
화관을 쓴 별무더기들도
성운의 골짜기로 소리만 이루고 쓰러진다.

바다

그믐밤의 빈 바다에는
돌아가는 파도와 파도들의
만리 같은 등과 어깨투성이다.
더러 일어서는 물너울 속에서
야성의 흰 이빨을
으르릉거리며
환각의 개떼는 갇혀 울고
그 장대한 물마루 너머 아래선
긴 불을 켜들어 찾는 그림자
내 이름을 찾으나
즐비한 말들 사이
호젓이 돌아가는 파도와 파도들의
만리 같은 등과 어깨투성이다.

취우

1

칠흑의 모포를 쓰고 광대한 빗줄기들이 서 있다.
비여
공중에서 너의 포기된 삶이
한밤내 희멀건 몸뚱이를 드러내며
씻겨내린다.
씻겨서 다 씻겨내려서
노래와 새벽만이 남아 걸릴 때
어린아이의 큰 손을 펴서
한 무리의 저 산군(山群)과 함께
번갯불이 움켜 가버린다.

2

저 험산 위에 너의 거구가 찢겨서
훤히 남아
비여
구름 수레로 공중을 달려가던 비여
저 연대(年代)마다 이루는

흰 굽이엔
털북숭이 여우별이 나와 섰다.
나와서 멸망과 죽음을 이루고
기울고 기울어
구만리 뒤로 바람들이
장폭의 속치마를 벗어
너의 훤한 거구도 말아 올려간다.

3

쫓겨나가며 저 연봉들 사이로
허리 구부려
허공들을 안고 나가는 너를 본다.
보면서 풀어 던진
언질 하나이
남은 허공을 건너가 선다.
비여
너희들이 밀어붙인
암묵의 이부자리들을 뇌명(雷鳴)을 안고
나서는 너의 광막한 등판을 본다.

4

건너 준봉 마루에 어스름 흑의를
갈아입고 나와
소낙비여
등 구부리고
목 너머 걸린 말들을 토해내는가
토해낸 한 무더기 말과 허공을 씻어서
살과 살은 다 씻어서
특출한 넋만을 남기며
소낙비여
문득 어스름 흑의의 네 형국도
벌창도 끝난 건너엔
덩그런 해어름 하나이 내걸려 있다.

먼 번개들이

목전의 산 뒤에선
장난질이 한창인 먼 번개들이
서로의 가슴속에서
한 마씩 역광을 개켜내고 깔아주고
몸살난 나무들이 피차의 생각 속에
손을 넣어 더듬고
날카롭게 공통성들을 서로 더듬고
그 앞의 달무리 속에서
내 수천 칸 집을 허물어내는
신비의 즐비한 공사
떨어지고 빠져나온 말의 나사들이
달그락대며
어린 나무의 꿈속을 따는 소리.
바람도 비어놓은
이 빈 산중에
번개들이 숨바꼭질을 하고

이 밤을 밝히며

초저녁 식솔들의 잣불 속
길흉화복 넷의 서로 다른 얼굴을 골라
아내여
우리 둘의 강물에 띄우고
으슥한
상류 환한 물밑에
서리서리 재어둔
무구의 하늘
그 무너진 아픔을
이 밤 채쳐올리니
그리운 것
이승의 그리운 것도 그뿐이니
아내여
잣불 속 길흉화복을 골라 밤을 밝힌다.

가을 강

벌판 끝에서
물은
어둠의 그 큰 손에 등을 떠밀리고 있다.
어리석게 막대한 허공만을 빼앗기고 밀려나는 물이여.
강둑까지
네 설움은 속속들이 복받쳐오르고
그 수만의 설움이
다시 허옇게 무릎을 까며
거꾸러진다.
거꾸러지며 물은
어둠의 손아귀에 밀려나고
누구나 내버린
안타까움만이
산나무의 모습으로 이 강물을 보고 있다.

연희

1

허공을 열고 내다보아도
어둠 너머 영원의 골짜기 쪽에선
보이지 않더니
오 이경(二更)쯤은 두우간(斗牛間)에
번개여
백로의 긴 너울을 벗고 서성이는
네 그림자
문득 내 보겠네.
저 슬하의 밤톨처럼 흩어진 산악 속으로
열두어 바퀴 재주를 넘어
떨어져드는
단벌뿐인 너의 정신.

2

시월 그믐께였다.
먼 하늘 위
시름의 잔주름 한 뿌리를 캐어

널었더니
그 달포 만에
미리내 속에서 흰 도포자락을 휘날리며
뛰어나오는
유성아
그걸 뛰어넘으며
소멸한 내 정신을 일으켜 세우며
보아라.
이승의 마당 가에는
잔 쇠못처럼 빗줄기들이 흩어져 있다.
두 되지기 논물에
그때 제일 야윈 내 말의 알몸들이
빠져 있다.

3

몇 둥구미 살별의 미광을 꺾어 담고
기러기는
북관의 험한 길 헤친다 하네.
저 강 건너

중천까지 흰 작두를 들고
쫓아나온 마른 번개
마구 어둠을 뻐기고 찍어 넘기며
천년 깊이 그대 꿈자리에 묻힌
두 벌 눈썹을 파내고
서리발 밟는
그 기러기 두 발에 신긴다 하네.
이승의 언덕에서
우리의 이별을 본다 하네.

4

삼경(三更)의 은하 속에서 긴 속눈썹을
벗어 빨며
까투리여
거기 천길 물 속에서
달이 비늘 많은 등허리로
네 이승을 지고 들어가
기다리며
놋양푼만한 홍안을 쳐들고

님의 꿈속으로
넘어오길 기다리며
까투리 너를 본다.
전신의 시름을 벗어 빠는
그 둘레에서
물줄기가 벗는 하얀 허물을 말아 끼고.
가는 너를.

5

어둠을 열고 나오는
저 천갈궁 지붕 위에 앉았던
까마귀
그 긴 허리로
깊이 산하의 이마를 짚어
내 아픔의 거처도 묻는
한세상 밖에서
오며
생사 길의 숲속에서
선녀 속곳이던 별똥별도 꺾어

쓸었다.
이제 컴컴한 성운의
천 길 꿈속에 내려놓고 온
한마당 마음도
쓰는.

제3부

오월 어느 날
안행(雁行)
미명(未明)의 바다에서
무지개
무명(無名)
겨울 강의실
유두(流頭)
딱따구리
출정
불탄 수풀의 가람
어느 원정(園丁)의 말씀 중에서
실내에 놓인 이 겨울
회귀
아침노을
사격장에서
나무
거울
노자(老子)
물긷기
등불

오월 어느 날

삼경(三更)이면
마을 뒤 그대 꿈속에서
푸드득이며 뻐꾸기들은
흰 별똥들로 갈아입고 나와
잠시
중천에
저 오동꽃 얼굴을 한 미리내 앞의
내 시름을 쓸더니
보라, 언약의 검은 밤 요 닢을 개켜 말아
허리에 끼고
아득한 성운 너머
사라진다.
이승 밖에
한 허공을 가지러 들어간다.

안행(雁行)

삐걱이는 연상의 얼레에
잠을 감아들이는
그 강물의 파도 흰 이불마다 묻힌
빈 얼굴을 캐어가는
섣달의 기러기 떼.
홀연 내 꿈속에서 가는 눈썹으로 흩어지더니
들리는가, 선잠 너머 이승에선
청정한 석유불을 헤집고 후려내는
환청의 다듬이질 소리.
민리의 눈 위에 시름은 깔리고
산간으로 달빛들은 비켜서서
나무마다 익사한 슬픔을 건져 너는데
뉘라 다시 던지는가 살의 중천
흰 배암이 되어 기어들어간 내 손금을 건너
삼경(三更)의 맑은 은하 가에 엎어지는 저 검은 신짝들.

미명(未明)의 바다에서

1

피곤한 별들의 눈썹 끝 더듬대다 엎지른
어둠 속에서 날빛 의식의 피부를 주으며
바람이여
너의 빈 발소리는
뒤채이는 바다의 전신을 빼앗아 떠나는가
절대의 아득한 기슭 자라오르는 나무들의 얼굴로 돌아가는가.

2

시방 발단의 구름들 사이
흰 실밥들을 터뜨려 내리는 햇무리, 일단의 햇무리에 가리이며
추상의 흰 팔다리들로 나무들은 처처에서
쏟아져나오고
아침들은 푸드득이며 갈망의 그물마다 빈 안색을
묻어놓고 있다.

삐걱이는 구름의 수레를 내려
예궐의 산맥들이 멈추는 거기
자욱한 비거품의 시간들이 나무에 돌아가는,
잎잎이 예약의 파도 소리를 꺼내들고 우는,
나무들이 서성이는 거기.

일어서라 해안에서 넘어지고 죽어서 뒤채이는
무심히 쓰러지고 부동하는 미개의 저쪽에 둔 나여.

파도들이 흰 살결들을 부딪치며 어지러이 노래를
따라가는 일출의 바다
해는 수천 마리 물뱀들로 서로 몸을 꼬아 물고

번득이는 창날을 들고 겨누는
그렇게 적령기의 아이들이
수만의 얼굴로 던져져 있는 무진장한 바다
무수한 나를 빠져나가 나는 떠오른다.

순금의 머리채를 짜아나간 물결마다에서
등을 대고 앉은 원경들이

까마득한 발소리로 굴러 떨어지고 있다.

무지개

사돈댁 마을의 강가에 가서 내 좀 쉴 참에 보려느니
어둠이여
저 생애의 물놀이 너머
빈사의 흰 갈기를 떨며 흩어지는 내 꿈을.
열리는 열사흘 물소리에
구종별배의 나무들을 거느리고
건상에 아득히 벗어 걸리는
오, 번뇌의 밤 무지개들을.
그 일곱 마리 배암의 등허릿길로 넘어오며
어둠이여
간밤의 산맥 뒤로 개켜둔 달빛의 푸른 얼굴을 불러내어
머리처네로 둘러쓰는 구름들.
예불의 구름들 사이를 지나가는
어둠이여,
내 전생을 보려느니
지나간 시간을 살별 떼를
후광의 굴레를 씌워 옛 산천에 매어놓고
그대 있는 마을의 강가에 내려가
내 좀 보려느니.

무명(無明)

바람이여
벌거숭이 은하의 허릿물에
센 머리칼을 적시며 익사한 바람이여.
시방 그 어둠의 언저리
떠도는 수천 자두꽃의 목소리
넋들을 건지누나.
물놀이가 드러내는 수성(獸性)의 이빨 사이사이로
흰 살을 씻어내며
드러내는 서른 해의 내 아픔들
죽은 네 얼굴이
한 모금 노래로 떠서 흐르는
그 정부(頂部), 언어는 빈 거울처럼 흔들리누나
피어오른 의인(擬人)의 안개 속에
벗겨내온 꿈의 산등허리를 묻어놓누나
가는 눈썹을 묻어놓누나
아, 원악(遠岳)의 구름들 틈으로는
범람하는 슬픔의 건너
흰 달빛들도 빠져나가는
내 영혼, 한가닥 상형(象形)의 배암은 꿈어리누나.

겨울 강의실

어둠 속에 눈이 내린다.
무수히 번득이는 그 허무의 칼날 아래
시든 언어들은 떨어지고
어딘가 빈 의자들 사이 참혹히 죽어 떨어진
연대(年代)를 휩쓸어
텅 비어버린 나의 강의실엔 눈이 내리고
빨간 불빛 속에 영그는 낱말 몇 덩이
어두운 기둥의 못에 걸려 퍼덕거리는 바람의 질의.
습관의 의자들 사이 앉아
몇 가지의 경험을 교환하며 불붙이고 우리는 듣는다
저 가는 연기 속에 올올이 끌려지는 믿음의 끈과
어느 한 가닥에 뛰어다니는 침묵의 발소리들을.
아 한때 거만한 말씀들이, 순금의 햇볕들이 기어다니는 이
교실
시대의 차가운 손톱 끝에 몇 덩이의 질문을 튕겨버리고
비어 있는 공감 속의 긴 낭하를 내려오며
우리는 보았지, 실의의 휴지통 속에 꾸겨 던지는
이십대.
던져버린 야망은 멀리 풍선 속에 터져버리고
이 겨울의 한때들을 시린 발끝으로 툭툭 털어버리고

돌아서는 우리의 어깨 위에 도시는 얹혀 있다.
어리둥절한 시절의 눈은 내린다.
발자국 속에 까물까물 우리의 기억들은 기어다니고
빨간 연기 속에 돌아서 있는 미래의 등허리를 더듬어
돌아간다. 치받히는 칼라에 낡은 과거를 세우고
골목길을 따라 빈 발소리에 강물소리를 출발들을 묻으며
돌아간다, 우리는.

유두(流頭)

먼 산맥들 사이
토탄불이 타는 헛간 속에서
몇 섬의 불을 져내는
나무.
새벽마다
하얗게 옆구리로 기침을 해대는
어린 강을 흔들어 깨우며
듣는가 맑은 물 속에서
한 발씩 어둠을 사리는
낭낭한 유두의 실자새 소리.
열려가는
무문관(無門關)의 구름들 사이로
몇 섬의 햇빛을 져다 부리는
나무여
맞은쪽 세상
오뇌의 봇물을 터놓고 기다리며
건너오는 메밀꽃 차림의 늙수그레한
적막을 기다리며
먼 산맥들 사이
나무여

토탄불이 타는 헛간 속에서
쉬느니, 인종을 져내느니.

딱따구리

그대 있는 쪽의 강가에선
청정한 도깨비불에 머리들이
갈대들이
그 불 속에서
영혼의 시우쇠를 번갈아 꺼내어
두드리는 소리
놀라서 으스름 그믐밤의 달빛들은 숨고
오직 푸른 파도 깃에
남아 있는
그의 흰 귓바퀴.
그걸 징검다리로 이승 만리를 건너 뛰어가는
오, 뵈는군
엊그제 내가 있는 산맥 뒤로 와
세상 쪽의 곤한 잠 속을 열고
제 목숨을 찍어가는
딱따구리
가다가는 문득
제 허리춤에서
말버릇도
그림자도

전신도 벗어내어
아득한 성운의 어둠에 걸고,
스러지는 딱따구리.

출정

1

암중의 보이지 않는 맨발들이 흰 물탕처럼 튕기고 지나가
는
들꽃의 언덕을 내려오며
신발 끝을 적시던 식구들의 인사를
지는 이슬들로 털고
멀리 하늘이 둘러쳐주는 포장 속에 부복한 산맥들을
미루나무들로 부맥해 일으키며
빈 나뭇가지 사이 나비처럼 숨어 있는 달을 퉁기며
나는 떠나왔구나.
다소곳이 따라오던 아내의 원망들을 푸른 달빛으로 켜서
지척의 꽃마다 걸어두고
호 속에서 밤하늘의 멍석으로 널어 말리는
수심의 곡식알들
우주의 칠판에다 유성들로 때로 생각의 금을 긋다가
지워버리며
이렇듯 크낙한 형편 위에 나는 엎질러졌구나.

2

다윈의 교리를 펴서 읽고 있는 나무들의
칸살 사이마다
구름의 층층대를 내려가며 원근을 들락거리는
여러 선사의 강산들을 불러들이고
흔들리는 시세에 매여 있는 우리를 끌러
빛 낡은 역사의 깃발로 꽂는
오 목전으로 잔잔히 불어오는 연대(年代).
떨고 있는 한 잎에도 칭칭칭 감긴 소문들을 풀러가 보면
한 오리 날빛 바람으로 떨어져 남고
대검(帶劍)의 날빛으로 사기를 되질하며
나는 떠나왔구나.
냇물마다 구름은 밀물과 썰물의 표현을 놓고 건너가고
시방은 누워서 풀잎으로
허황한 세월을 세어가는 북소리로 바람들이나 불러들이는
유탄들이 푸른 허공의 다락 속으로 쌓아버린 이름들.
호명하라 기억의 빈 마루 끝에서
브로치의 핀으로 행운을 재고 앉아 있는 여자들이여
문득 눈을 들면 골짜기마다 잠복해 있는 준비.

서서히 수통(水筒) 속에서 덜그럭거리는 비상(非常).

3

공중에서 흔들리는 문고리 보이지는 않으나
아버지의 손가락 같은 나뭇가지들이 꿰어들고 있는 달무리
그 꼭지부터 흘러내리는 외경(外景)들.
달빛이 침칠해 넘기는 수풀 속에서
오른손의 장갑을 벗다 떨어뜨린 내막을 찾으며
이제 그것들이 잊혀져버린 탄피의 기억이던 것을.
끼니때의 숟가락마다 올라오던 건강들이
잊힌 한 가치의 화제에 불을 달리고
불빛에 요란스레 서로의 배경들을 흔들어주고
다시 서로의 손에 쥐어주는 집중.
이슬 같은 눈동자에 불붙는 한 조각의 언어.
조국이여 나는 떠나왔구나.
굵은 연필심으로 반딧불들이 긋다가 지워버리는
풀잎의 윤곽 속에 서걱거리던 어둠들이
나를 듣고 있구나

흔들리며 갈대들이 손끝에서 풀어내는 바람들로
여울마다 기척을 해대고 있을 때
빈 찻잔 속에 녹다 남은 회담들은 굴러다니고
따라오던 아내의 당부를 칡꽃마다 피워놓고
나는 떠나왔구나.

불탄 수풀의 가람

뉘라 빙긋이 틈이 지는 오동꽃 입술 아래 구을러드는
청옥의 하늘을 두는가
남 몰래 끓어오르는 맑은 살의 노래는
내 가슴의 가장 이슥한 수풀 속 갈덩굴에 꿈어리며 들려 있고,
칠칠히 솟아오르는 보석 샘물 위에 부서져 떠도는 번뇌여.
뉘라 가으로만 밀려 닿는 물이랑 마다에서
희디흰 목숨의 꽃잎을 따서 담는가
흔들리는 꽃대를 빌어 혼신을 드러내밀고 내려오는
바람의 손등 우흐론
천리외(千里外) 아득든 구름도 구을러 내리드니
명목(瞑目)한 나의 눈썹 위에 가벼이 티끌인 듯
앉았다 일어서서 가버리는 세상이여.
깊은 구슬 여울에 떨어져 흐르는 구름 소리
사바(娑婆)를 헤어가는 북소리로 이승의 갈잎 그늘에
흐듣〔滴〕으며
보누나, 진일(盡日) 마음의 허물린 언덕 아래
떠도는 물길의 항부(項部), 하얀 물욕의 꽃을 물고
오뇌에 굼실거리는 그 끝 나를 듯 앉는 바람을 보누나.
가까이 공기의 빈 통을 뚜드리는 바람이여,

풀잎에 매어 놓은 유형(流刑)의 노래를 한 뼘씩 끌러 들어가며
장난처럼 웃고 누운 만유(萬有)의 입술마다
비밀의 미소를 오려 흩는구나.
미혹에 떠는 마른 잎으로 바람의 본디 무형(無形)한 얼굴은 들어가고,
홀연 마름잎서 깨어 일어서 가버리는
세사(世事)의 구름이여
돌아서 가는 소매 끝 자국이 묻어나는 연기(緣起),
생각의 빈 마루 고운 열반의 티끌 일어서는 소리
들릴 뿐이니
뉘라, 빙긋이 틈이 지는 진여의 입술 아래
구을러드는 미소를 두는가.

어느 원정(園丁)의 말씀 중에서

당대의 어둠 속에서 잎잎이 흰 장갑들을 끼고
나무들이 깊은 바람소리로 나를 꺼내버릴 때,
시간 속에 벗어던지는 몇 벌의 허울로 내가 쌓인
사나운 욕망의 기슭께, 밀어올린 물길의
한 모습으로 뒹굴었거나
위험스레 들꽃들이 크낙한 관능의 입으로 웃는 우물 옆에
서
한 사리씩 두려움을 끌러내려 길어올렸지.
넘실대는 한 세상의 뜻을 길어올리고
그때 엎질러진 실수들로
가으로만 하얗게 죽어 떠오르는 이 시대를 건넜던 것을.

은밀히 납득에 설레는 죽음을 따기 위하여 과원에서
흔들리는 불안들을 그 댈그럭거리는
적중들을 긴 장대 끝에 굴리고 있을 때
세월은 부드러이 부드러이 쳐들린 긴 허리께
벗겨져 내리고 있었지, 습관의 올로 길게 나는 놓여
나오고 있었지.
그때 끝가지에 얹힌 바람은
내 우주를 더욱 큰 파도 소리로 허물어

내리고 있었던 것을.

허공 속으로 저무는 날이 깜깜한 생각을 그어오는 들밭에
한 길씩 잘라내는 언어들로 던져져
내가 즐비한 그 시간을 쓸어내가는 비질 소리로
깊숙이 허물린 곡간일 때
휑한 보람과 사랑으로 나는 더욱 비워져 있거나
무한의 다리 밑 시든 숙명은 날카로운 물살의 끝에
둥둥 떠밀리고
갈대들이 손끝마다 허황한 북소리로 바람을 끌러,
사닥다리마다
무수한 그림자들로 던져진
보라, 멀리 어둠 속 하얗게 죽어 떠오르는
숙명의 꽃잎 그 타오르는 등불들의 나를.

실내에 놓인 이 겨울

내 인식의 틈으로 들리는,
어느 가지 끝
설핏 내려딛는 햇빛의 먼발치로
허공이 와르르 허물려 내리는 소리.
서두르며 의식의 낭하를 뛰어내려
어두운 지각을 밀치면
오 맨 밑바닥 무참히 죽어 떨어진 이 시대
거기 깨진 언어 속의 그 관념의 풋풋한 속살을
갉아내는
한 마리 달빛의 송곳니.
날카로운 내 식욕이 묻어 번득이고
환각 속의 따스한 이 실내에
가는 눈썹 하나로 떨어진 내 얼굴을 불어내면,
무형(無形) 속에 전신을 빠뜨린 한 줄 바람이
맨살을 드러낸 채 막 들려가는
풍란의 가는 잎 끝,
작은 그림자들로 경악은 뚝뚝 떨어지고
겨울 사물들이 선입관을 벗고 와서 놓이는 이 실내
구석 어딘가 가장 먼저 온 어둠은 꾸겨져 있다.
아기 햇볕은 쟁반 위에 떨어져 눕고

지난밤 꿈속에서 흰 나이프로 꺼내 쥔
시든 생각이 그 한 마리 물고기가 놓이는 이 정숙을
너는 듣고 있다. 인식의 어두운 틈에 엎드렸다
깊고 추운 사물의 내면으로 내려가고 있는
내 경험의 발소리,
상상력의 그물 속에 퍼덕이는 내 낱말들을.

회귀

상징이여
자네와 헤어진 뒤로
나는 보았네
서른번째의 어둠을 밀고
들어선 나는 보았네
황량한 어느 늪가에서
윤회의 너겁을 들치다
문득 보았네
수궁 천 길의 깊이에서
무언의 산맥들을 등에 지고
헤엄쳐 나오는
거북이 낯바닥을 한 구름과
그 삐걱이는 길마질 소리.
길마 위에 앉아 끄덕이는
산맥을 어거하며
자욱한 풍경이 떠오르고
나는 보았네
그 너머
어둠에 매달려
타오르는 말, 최후의 나의 말.

아침노을

보게나 아침이여
시간의 화살 소리로 빈 거울 속을 나르는 아침이여
마른 갈잎에 반쯤 묻힌 바람의 얼굴을 꺼내어
눈뜨는 물결마다
수천 닢 압운의 흰 홑청들을 걷어내고 있는
저 혈혈 단신의 나무들
시방 그 나무의 피하에선 관념을 찍어내는
내 도끼질 소리 쌓이고
그 간살 사이 누구냐,
색색깔의 본성을 벗어들고 막 들어서는 저이들은.
회한의 숲머리
벗어걸린 나이 서른의 안개들은
흰 밥알만한 금치산의 햇볕으로 흩어져버리고
누구냐, 불붙는 구름의 사닥다리를 재어 오르며
열두 색 파도마다 수천 닢 감정의 이불을 벗고 있는
저것들은.

사격장에서

흰 손톱 돋친 달빛들이 여기저기
탄피 속에서 그 묵은 인기척을 까내는
내 뇌의 골짜기
예감의 그물질로 아잇적 얼굴을 사려 올리는
나무들의 아득한 허공
장신의 어둠이 서성거리며 걸려 있을 때
말의 한 클립을 장진하여 쏘고 있다.
내벽에 은한의 한사(寒紗)폭을 베어내다 걸고
쏘고 있다.
열두 개의 탄환이 내뿜는 불길 사이로
미신의 하늘이 피해다니고 있다.
이 시간 속 무수히 쏘아올린 내 말들은
달려가 별마다의 땅에 떨어지고 있다.
떨어진 몇 평의 환상.
때아닌 불줄기의 높이를 재어내다 만리에 까는
내 뇌의 골짜기
환각에 손을 찌르고 선 나무들의 어깨 위
얹혀 있던 한 떼의 원경이 능금처럼 툭 떨어질 때,
몸을 다친 물결들이 강기슭마다 쓰러진다.
반득이는 머리핀을 빼어 달빛들이 물결마다

새로운 얼굴을 흔들어 깨운다.

나무

어둠 속 산맥들이 허리 둘린 은하에서
환각의 그물을 사려내며
수심의 곡식알을 벗기어놓는
내 머리맡의 허공,
그 너머 번개 속으로
수천 나무들의 얼굴은 무너져내려가고
에우리디케여
그중의 물결 어느 그물코에 네 정체를 벗어 숨기어놓느냐.
환난의 숲속을 헤매며,
희고 긴 비단을 입고 침묵의 빈개들이 목매달린
나무들 사이를 헤매며
가장 어릴 때 빈 병 속에 놓아둔 내 산울림들을 더듬고 있다.
나직이 들풀의 잠 속을 넘겨다보며
그 내안(內岸)에 무르익은 비린내의 낱말로
푸른 달빛이 돋쳐 있고
더듬는,
에우리디케여
거기 내 손가락 끝에도
인기척을 하며 못 보던 낮의 새 시간이 돋친다.

거울

거울 속에도 잠의 흰 이불로 끼워 있는 파도,
파도마다 장신의 바람은
성어기의 여름에 익사한 내 꿈을 채쳐
올리고 있다.
물밑엔 흰 배암의 긴 몸으로 햇볕이 뒹굴고 있다.
들어올리는 그물마다 훤히 뚫리는 시간.
유년의 흰 뼈들을 숨기어둔 내 얼굴을 그물코에서 벗기어
내고 있다.
뇌성에 사태져 내린 수천 원경의 얼굴을 캐어내고 있다.
어느 것일까 어느 것일까
노역의 선창에서 기웃거리는 나여.
욕정의 물거품들이 파랗게 무르익은
물비린내의 낱말들을 게워내고
그렇게 엎질러진 하루를
노후한 그물들로 사려내고 있다.
긴 목의 어둠은 다가오고
거울 속에 마지막 햇볕들의 기침 소리가
목 부러진 흰 파도들이 쌓이고 있다.

노자(老子)

1

수묵 속에 갇혀 뒤척이며
노자여,
흰 낚시 끝에 천년을 꾸부리어
간밤의 달 속에 낙하해간 내 얼굴을 낚아 올리며
깜짝이는 네 눈썹 사이
신을 벗고 건너뛰던 자연들이
와르르 쏟아지는 재미.
기어다니는 그 수만 마리 날빛은
텅 빈 어휘 속, 바늘만한 길이의 아침을 들여다 쌓고 있다.

2

아무런 이유도 놓여 있지 않는 거울 속의 바다,
노자여
늙은 배의 돛대마다 앉아
서른 나이의 노래를 끊어다가
정토의 어둠을 쓸던 능금꽃 물결.
멀고 가까이 물결마다 흩어져

너의 햇볕들이 침묵의 그물질을 하고 있다.
흰 물결의 등뼈에 돋아나는 새 시간들을 골라내고 있다.

물긷기

나무의 어린 손가락마다
깜깜한 생각을 그어오던 저무는 날이 서 있을 때
무량한 어둠 가운데 말들을 더듬어
돌아가신 어머님 옷고름께나 가서 쉬는 별들.
신광의 우물 속 깊이깊이 한평생을 길어 올리면
크낙한 세상이 눈썹 끝에 그늘져 기울리는 소리.
머리핀 끝에 벗어주던 얼굴을 흔들다 보면
문득 허이연 허공이 빠져나가고
그렇게 경험 속에 실수의 몇 벌을 쌓아버린 나를.
추상(追想)의 한 쟁반
그 시든 바람들도 무형(無形)한 발소리를
숨기고 비어서 놓일 때
오 인식의 저쪽에서 나를 두드리는 나직한 손이여.
시간을 허물어 내가던
이제는 아무렇게나 부재의 그림자들로 떨어져 있는 나여
신앙의 우물 속 깊이깊이 두려움을 내려뜨리고
돌아서지 못하는 비인 마음 위로 신을 벗고 와서 노는
세월을 듣고 있을 때
한 동이 성스런 물살에 가는 흰 눈썹을 그리며
시린 가을날이 묻히고

빈 두레박에 내려놓는 하나의 생애.
가으로만 울려 지극한 인종으로 부딪는 생애.
돌아가신 어머니 옷고름께 가서 쉬던 별들도
이우는 풀 마디마디께 내려가고 언어들의 끌리는 옷자락 소리로
달은 묻어나고 있다
어린 나무의 손가락 마디에.

등불

사기 등잔 속에서 덜그럭이는 한 덩이의 내 영혼.
어둠을 물고 흔드는 불빛 배암의 잔등 우흐론
징그러운 수성(獸性)의 허울이 벗겨져 내려,
내려서 길로 쌓이는 미신의 그림자를 헤치며
불꽃이여
깊고 넓은 이 사색의 헛간을 밝히며
천리의 시름을 자로 끊는가.
그림자 속 허허 실수로
꿈에 붙들린 나무들은 자라고
자라며 내 나이 서른의 공간을 빌어내고 있다.
어둠과 불길의 싸움 속에 갇힌 나를 불러내고 있다.
먼 불길에 앉아 내 혼란은
그물코에 맺힌 바람으로 나둥그러지고 있다.
불길 사이 어룽이는 과거를 들여다보며
그 추상의 빈집에 들어가
오랜 잠을 자는 비유의 내 영혼
길흉을 털어들이는 이승의 도리깨질
소리에 깨워내고 있다.

제4부

밤에 본 베아트리체의 초상

1

그것은
선사의 땅에 익사해가는 내 순수의 나비.
여기저기 선험의 불붙는 날개를 끌고
아득히 한 장의 백지로 흔들리는 너의 내실께서
어느 때 노을이 흐르는 일모(日暮)의 거미줄에
파닥이며 불타는 나비.
그것은 내 가슴에 빠져가 자라오르는 능금나무의 방식이다.

2

유리창에서 수천의 달로써 표시되는 바다.
흔들리는 때때의 유리폭마다 와서 닿는
아잇적에 잃어버린 얼굴로 와 놓이는 달에서
미지의 바다를 열어가는 나의 촉수는 적당히 산수의 정물에 놓일 때
움칫거리는 나무의 형자(形姿)를 잡고 하나의 공간을 채워내는가.

삐걱거리는 중심(重心)을 거느리고 나무들이 나앉는 정원에서
목전의 어둠을 풀어가는 저 한 점 구름에서
내 예측의 노래는 비롯하여
바람을 끼는 창 밖의 풍경을 딛고
한결 더 가차이 밤바다로 나가며 밤바다로 나가며

낡은 목의자(木椅子)에서 맨살을 부벼오는 어둠이
오랜 경험의 선박에서 맞이은 어둠이
허물려 떨어지는 불빛 속에
유형(流刑)의 그림자로 갇혀 어른대는 나를 어른대는 나를 캐어내며
베아트리체 너는 아는가
어지러운 내 의식의 뻘밭에 몰려오는 많은 하늘을
자꾸자꾸 빗보내며 그 잔등에 홈 가는 지각의 두티를.

아아, 이제는 닫혀가는 해중에 차츰차츰 순금의 정신을 묻고
침몰해가는 달을
어느 물굽이의 계단 위 걸리며

다시 원경을 이끌고 떠나는 달을.

3

깊은 꿈의 언저리
추상의 형해를 두르고 바람들은 불어 나를 묶어 규정하다
문득 잘못 디딘 지척의 일순이었을 때
와르르 뜨거운 발소리로 전신을 쏟아버리는
내 깊은 꿈의 언저리
불과 두어 개의 빛나는 가슴뼈로 남았을 때
그것은
머나먼 선사의 땅에 수천의 풀잎으로 놓이는
내 지혜의 방법이다.

오필리아 연시(戀詩)

1

그리하여 어지러운 내 지각의 부피 안에 두는
환히 지혜의 알몸들을 캐는 정소리들을
일단의 바람들이
불러내는 새벽 노을의 중심께
영원의 그림자를 찍는 한 모습
오필리아, 그것은 최초의 네 얼굴이다.

2

부동(浮動)하는 아침의 바다, 전신을 흐트리는 해여,
들어서며 들어서가며 어둠에 젖어
장난처럼 웃고 누운 산수의 나무결마다
삐걱이는 꿈의 궁문들을 열고 나서면
무수한 길로 내 종교의 눈을 나누어가는 해여.

멀리 은유의 흰 비둘기떼로 날아오르는 바다에서
일제히 열려가는, 끊임없이 흔들리는 길이로
내 주제의 음악을 길어올리며 떠오르려 하는,

다만 흔들리는 길이에 유형(流刑) 당한 나무에서
한 모습을 뜯어가는, 바람마다에 헤친 내 유년.

시방 한 가닥의 선율마저 더듬어
더듬는 손끝에 묻으며 하강의 물길마다
순금의 헝클리는 머리칼마다 어려보이는 혼신을, 실신의 노래를 모으는 해여.

3

한 떼의 나무들 사이 빠져나가 오르는 하늘들이
흔들리는 창유리폭에 갇힐 때 내 나이의
많은 바람의 낯으로 지목되는 내실 곁에서
오필리아, 너는 아는가
강물의 굽이마다 허물린 언덕의 갈라진 얼굴들을.

흔드는 물길의 나북마다 깨어나는 노래들이
한 오라기의 달빛으로 실리는 이 꿈의 분수에서
와르르 무너지는 발소리만으로 있는 내가
떠오르는 물결마다 경사져오는 나무의 얼굴일 때

그것은, 내 영원의 징검다리를 건너는 방안이다.

희랍인의 피리

1

그리하여 나의 많은 것들은
부신 은하의 푸름이 닿는
열두 궁기* 그 허리 여섯 번 언저리를
물굽이여,
너의 화음으로 기어돌아 흐르고
출렁이는가

2

날빛 은광(銀光)들이 바늘만한 길이로
아침을 재어나르는 나의 식탁에서
정원의 분수가 길어올리는 음악에서
어느 수평의 너머 아래 놓인
미지의 폭풍을 부르고 홈 가는
내 사유(事由)의 손금들.

* 구멍의 방언

한 단씩 놓아오는 구름의 층층대에서
노래는 확성하여
기어오르며
바람은 지목한다, 나의 좌석을.
놓아보낸 풍선 위에
부정한 웃음들은
원색으로 불붙어 오르는데

가차이 앉은 나무들의 발설은
내 안으로 쏟아지는 순금의 나방이
하나하나 살아나는 얼굴을 집중하여

아가피모, 나의 주제여,
예측의 강을 건너는 방안이여.

시방
햇무리의 일광들은
선사의 땅에 죽어간 그 여자의 내실에서
달아오르는 아픔을 누설하고
아는가,
나의 가슴 위 무명나비에 째인 슬픔을.

아아, 창 밖을 빗기는 모음의 우중에서
한 그루 번개의 뿌리마다
아가피모,
나의 얼굴은 균열하고 또 범람할 것이다.

3

머리엔
꽃숭어리 크기의 하늘이 열려
가꾼 나의 뜨거운 눈물이 순수이기엔
원정(園丁)이여
얼마나 가혹한 굽이 이룬 연대(年代)를
건너야 하는가.

왼손 식지가 아퍼들면서
저 빛과 향이 새어오는
영원, 그 벽의 창인 별을 가리키어
뿌리는 지혜의 풀잎이기를
육감하는가 나의 새는.

가마니 짜기

문득 어둠의 우리 속에 흰 버섯처럼 솟아오르는
나비
기억의 빈 마루 끝 한 그루 국화꽃에
평생의 뜻을 푸른 달빛으로 켜서 걸어두고
수시로 내가 피워 무는 한 대의 휴식과
가는 연기 속으로 나직이
사라져가는 시간의 발소리.
짜여지는 마른 볏짚 끝에 꽂힌 바람의 비명은
"난 몰라 난 몰라" 이 시대의 안간힘을 벗어던지고
끊임없이 바디 속을 빌어 먼 늦가을밤의
여울 소리를 들여다 쌓는 아내여
어둠마다에서 바늘만한 길이로 전생애를 불러내는
석유불과
나와서는 온 몸의 습관을 말리고 앉아 있는
나의 과거여
까닭 없이 허공을 휘두르는 야위고 단단한 대바늘에
밥풀 같은 불빛은 묻어나고
은은히 내 의식의 방 안까지 울리는 바디 소리
거기 날카로운 칼끝으로 체념의 껍질을 깎고 있는
그 은쟁반에 놓여 번득이는 몇 알의 경험을 집어들고

나는 엿보네 뒹구는 의문의 벌레 시든 달빛들이
기어 달아나는
내 정신의 푸설을
문득 눈을 들면 잎 진 나뭇가지 사이
붉은 공으로 튀어다니는 비행기.
저 공중의 깊이를 머리핀 끝으로 붙들기도 놓치기도 하는
아이들 옆에 수북이 쾌감의 껍데기들은
떨어져 뒹구네.
어둠 속 마른 잎 끝으로 들어가
숨긴 가을의 신분(呻吩) 소리를 붙들어내는 바람.
"쉬지 쉬어" 가장 어두운 정서의 헛간에서
내 기다림이 주린 띠를 풀고
더듬거리며 몇 마디의 수심을 찾아내는 밤을 보아라.
허름한 몇 낱의 검불 위 떨어져 뒹구는 우리의 혼을
크낙한 세상을 쉬임없이 바늘 눈에 꼬여 내오는 아내여
흔들리는 꽃대에 내 평생의 뜻을 푸른 달빛으로 켜서 걸어
두고
이렇듯 아득한 상황들을 저지른 마루 끝에
이제 듣자, 목전으로 잔잔히 이어오며 번득이는
여생을.

비유를 나무로 한 나의 노래는

1

한 마리 거미를 근원으로 하여 창유리에 하나의 흔적으로 웅크렸던 꿈 조각이 입체의 얼굴로 깨어나는 아침 나의 전신은 햇볕들이 세우는 순금의 불길로 타오른다. 때로 그것이 이승에 듣〔滴〕는 내 목숨의 높이라면 나를 묶는 가로세로 교직마다에 낡은 풍금을 펴들어 자라온 뜻을 더듬어 노래하라.

2

창유리를 닫으면 누런 벌레들로 굴러떨어지는 햇볕들. 사진틀 속에 끼워 꿈틀거리는 나를 비워내는데 더듬이로 나이를 헤집어가며 야망의 강물 바닥에 꽂힌 흔들리는 수초의 잎끝에 기포의 형태로 올라오는 많은 얼굴들 자꾸자꾸 잃었던 얼굴들을 건져올리는데, 아니 정수리에서 예감의 그물을 풀어내리는 바람들은 패각 위 나선형의 층계에 홈턱마다에 갇힌 바다를 일으키는데 아하

나는 보겠다. 바다들이 색색깔의 얼굴을 깨뜨릴 때 튀어오르는 물고기의 몸뚱이마다 선〔立〕 중량들을. 저것이었을까 이승에 떨구는 발소리마다에 머무는 내 무거운 뜻이 내 무거

운 뜻이.

3

철망 같은 빗금의 가지들을 뻗으며 거기 바람을 낀 많은 해들은 움칫거리고, 그러나 이미 제 몫의 조용한 몸짓으로 돌아가 지혜의 눈을 뜨는 내 언저리의 물상들, 나의 전신은 햇볕들이 세우는 황금의 불꽃에 주소를 둔다.

이미지 연습

나는 보겠네, 논뚝길의
하늘을 붙잡고 높이를 올려간 나무에서
나뭇가지에서
가지 중 어느 끝에 더러 하나 내 아잇적 하늘
걸리는 수 있고
어디서 귓전으로 어깨 언저리로 모음의 소나기
쏟아져오고
빗방울에 서 있던 무게들이 내 나이를 벗기어가면
나는 보겠네, 바람을 근거로 하여
손끝마다 풀려나는 저 어지러움의 물살들.
때로 이는 물굽이의 환한 피부 속에 징험의 얼굴을 들어올리고
퍼덕이는 물고기의 비늘마다에서
아침을 저미어내는, 보라
저 수만 개 일광 속 손가락들이 어루이는 그림자들.
내 살의 구조가 파는 우물 속에
잔뼈를 튕기며 노래하는 꿈 조각을
소시의 꿈 조각을 가지고
강물 속에 갇히는 아침에서 불빛 속에서
하나씩 자라온 뜻을 건지며

나는 무얼 하는가. 그리하여 무얼 하는가.

나는 보겠네, 아주 어릴 때의 고향길에 가
멀리 보리밭 위로 청청한 몸을 일으켜오는 하늘에서
바람들이 해에게서 순금의 실꾸러미를 풀어오며
뻐꾸기의 울음을 이슬처럼 매달려오는 때
나는 보겠네,
고흐의 그림책을 가지고
치밀한 수목의 몸뚱어리가 분해당하여 빛내는
아픔을.
물 속에서 물결마다 키를 더하는 노을처럼
분해당한 아픔마다 전체를 던지며
보라 저것, 나의 많은 것들이 하나의 목숨으로 획득되는
예외를.

목판화

차츰 삐걱거리는 오후의 나무 층계를 헤어 내려가는 겨울 햇볕의 발소리.

헤어간 두어 단 언저리 무심한 순간에 있었던 나의 시선에서 충돌하는 빛과 거기 파아란 과도의 질감은 나의 정정한 성욕을 낚아올린다.

먼 하늘가 바람들이 빈 나뭇가지께서 흔들린다.

눈높이의 문구멍에 뜬 티버크로시우스의 아이처럼 얼굴이 하얀 낮달은 어느 이승의 미로에서든가 잊혀져버린 내 아잇적의 능금나무 상.

몇 차례이든가 등신뼈를 온돌에 누이고 앉히어 종일을 무료로 이어붙이며 아무것도 없구나, 이제는 없구나. 다만 둘러선 내벽에서 뚝딱거리는 스무 해의 강물소리와 시방도 끊임없이 낮모른

탑루 안에선 침강해갈 내 기구의 종소리들.

목조층계에서 해는 어느 멀리 가 있는가. 서서히 삐걱거리며 바다는 엇갈려 한 단씩 짚어오고 와 친구의 푸른 음성처럼 은은히 은하의 모래펄에선 노을이 타는 소리 어지럽다.

꽃 소묘

빠가각거리며 어둠을 열고
흰 대접으로 떠 있다.

그것은
둥그런 허공이 하나 매몰된
천사의 어느 우묵한 손 속
시방 그의 손가락들은 크낙한 비밀을 벌리고 있다.
무심히 들여다보았을 때
내용은 허물어져
가는 실오리로 언어의 늑골이 드러나 있고
절대의 깜깜한 속은 비어
무연한 얼굴로 그 밑바닥을 바람이
뒹굴고 있다.

빠가각거리며 어둠을 열고
흰 대접으로 떠 있는 꽃.

■ 해설

역동적 이미지와 환멸의 자의식

이승원(문학평론가, 서울여대 교수)

60년대에 등단하고 70년대 초까지 활발한 활동을 벌인 대다수의 시인들에게 공통적으로 나타나는 현상은 이미지와 메타포에 대한 강한 집착이다. 그들에게는 '시는 이미지다' '시는 메타포다' 혹은 '시는 상상력의 소산이다' 라는 명제가 하나의 확고한 이념처럼 자리잡고 있어서 그 영향의 자장권에서 벗어나기가 어려운 형편이다. 이렇게 된 데는 50년대에 도입된 미국 신비평 이론 및 그것과 연관된 영미시 중심의 시 교육이 커다란 영향력을 행사한 것으로 보인다. 70년대 초를 넘어서면서 산업화의 모순 및 유신 체제의 현실적 억압을 체험하게 되자 비로소 이미지와 메타포의 집착에서 벗어나려는 시도가 일군의 시인들에게서 나타나게 된다. 이미지나 메타포에 의거하지 않고 자신의 맨얼굴을 드러내는 것도 시가 될 수 있으며 하나의 이야기를 서술하는 것도 시가 될 수 있다는 인식이 확대되면서 시 양식의 중요한 변화가 일어나게 된다.

홍신선의 첫 시집 『서벽당집(棲碧堂集)』은 1973년에 간행되었다. 1944년생인 시인이 막 서른이 되는 나이에 간행한 이 첫 시집에는 1963년부터 1973년까지 십 년간 써 모은 작품이 수록되어 있다. 말하자면 이 시집에는 60년대부터 70년대 초까지 그가 이십대에 쓴 작품이 수록되어 있는 것이다. 앞서 말한 대로 그 당시 시단의 기류가 이미지와 메타포를 중시하는 편향을 보였고 이 시집의 전반적 성격 역시 그 테두리를 벗어나지 않는다. 이 시집의 시편들은 가만히 머물러 있는 정적인 대상들도 꿈틀거리며 유동하는 동적인 이미지로 바꾸어 표현하거나 보이지 않는 정황도 가시적인 이미지로 변환하여 표현하는 특징을 보인다. 그리고 이미지의 조성과 변용에 예외 없이 메타포가 중요한 역할을 맡고 있다.

이미지와 메타포에 대한 천착 이외에 발견할 수 있는 또하나의 요소는 시인의 어둡고 우울한 자의식인데 이것은 이 시집이 이십대의 창작물이라는 점과 무관하지 않을 것이다. 이십대의 젊은 시인이라면 자신의 뿌리가 내려 있는 고향에 대해, 그리고 삶의 터전인 시대 현실에 대해 애증의 이중적 감정을 가질 만하다. 『서벽당집』이라는 시집의 제목은 그의 고향에 있는 어느 고택의 당호에서 유래했을 것이다. 그 뜻은 푸른 곳에 자리잡은 집이라는 뜻일 텐데 그의 실제 작품을 보면 고향은 가난에 찌든 음울한 공간으로 그려져 있다. 그럼에도 불구하고 그곳은 자신의 삶의 뿌리가 드리워 있는 피하려야 피할 수 없는 근원적 공간으로 제시된다. 청춘이나 현실에 대한 인식도 이와 크게 다르지 않다. 이십대의 젊은이치고 자신의 현실적 처지에 대해 만족해하는 사람은 없을 것이다. 현실에 대한 부정의식과 함께 현실의 삶을 어쩔 수 없이 끌어안을 수밖에 없다는 이중적 애증의 감정이 이 시집에 담겨 있다.

건답에 까만 털투성이의 어둠이 와서 어슬렁거린다.
내다버린 폐기된 사랑들이
잿가리처럼 그 바닥에 시대의 뚝에 쌓여 있다.
차거운 공간으로
내비치는 환한 속살을 여미며
달밤들은 멀리 비켜서 있느니
끓어 엎드린 산맥 뒤에서 허공은 멍하니 바라보고 있다.
이 밤에
우리가 뼈로써 곳곳에 뒤벼놓은
침묵을
공기들이 어석거리며 밟히는 소리를
밤이 더욱 까만 털투성이의 몸을 뒤설레인다.

—「밤」 전문

시집의 앞부분에 실린 이 작품은 1973년에 발표된 것인데 이 시집의 전체적 성격을 잘 드러내고 있다. 이미지와 메타포의 측면에서 보자면, 첫 행의 "까만 털투성이의 어둠이 와서 어슬렁거린다"는 표현이 그 당시 시 작법의 한 전형을 보여주는 예다. 어둠이 깔리는 것은 지극히 고요하고 움직임이 없는 정황인데 그것을 시인은 '어슬렁거린다'든가 '몸을 뒤설레인다'고 동적으로 전환 표현했다. 그리고 그냥 어둠이 아니라 '털투성이' 어둠이라고 말함으로써 털 많은 동물처럼 꿈틀대는 음산하고 불길한 질감이 조성되도록 했다. 이어서 달밤은 멀리 비켜서 있고 꿇어 엎드린 산맥 뒤에 허공이 멍하니 바라보고 있다고 의인화했다. 침묵 속에 공기들이 어석거리며 밟히는 소리가 난다고 상상했다. 이처럼 정적인 대상인 어둠, 달밤, 산맥, 허공을 모두 움직이는 형상으로 바꾸어 배치했으며 침묵마저 소리가 나는 것으로 바꾸어 표현했다. 이것이 60년대의 이미지와 메타포 중심 시 교육의 영향권 내에서 성장한 한 시인의 전형적인 시 작법이다.

자의식의 측면에서 보자면, 건답, 폐기된 사랑, 시대의 뚝, 침묵 등의 시어에 주목하게 된다. 건답은 마른논인데 논에 물을 빼고 추수를 끝낸 논도 건답이고 가뭄에 물이 말라버린 논도 건답이다. 어느 것이건 황량함을 자아내는 것은 마찬가지다. 답(畓)이라는 한자가 암시하는 것처럼 논에는 물이 있는 것이 정상이다. 한자가 처음 생겨난 황하 유역에서는 벼농사를 짓지 않았기 때문에 처음에는 논을 표시하는 한자가 존재하지 않았고 밭을 나타내는 전(田)자만 있었다. 한자를 사용한 중국 민족이 남방으로 세력을 확장하게 되면서 논에 물을 대고 벼농사를 짓는 것을 보게 되었고 그것을 나타내기 위해 수전(水田)이라는 말을 만들어냈다. 수전이라는 한자가 우리나라에 들어와 논을 나타내는 답(畓)이라는 한자로 정착된 것이다. 따라서 논에는 늘 물이 있어야 정상이며 건답이란 정상의 상태에서 벗어난 메마르고 황량한 모습을 의미한다.

시의 첫행 첫마디에 건답이라는 말을 배치한 것은 우연이 아닐 것이다. 그것은 이십대의 청년 시인이 목도한 당시 삶의 암유적 표현이었을 것이다. 황량한 건답에 까만 털투성이 어둠이 어슬렁거리는 불길한 상황이 바로 그의 내면의식에 떠오른 현실의 국면이었을 것이다. 그 다음에 나오는 폐기된 사랑, 시대의 뚝, 침묵 등의 어사 역시 시대의 질곡과 현실의 억압을 대리적 암유적으로 표현한 것이다.

이 시기 그의 다른 시에 나오는 어스름, 허망, 허공, 공허, 아픔, 노여움, 죽음 등의 시어들은 모두 그 시대의 분위기를 암유하면서 암울한 시대 속에 이십대의 젊음을 이끌어가고 있는 시인의 폐허의식, 환멸의 자의식을 드러낸다. 현실을 부정적으로 보는 첫번째 동인은 가난이다. 60년대 농업에 종사한 사람들 대부분이 가난과 배고픔을 숙명처럼 달고 살았거니와 뜸부기 울음소리에 묻어나오는 피폐한 삶의 족적이 현실을 부정하고 환멸감을 갖게 하는 중요한 요인으로 작용했다.

그런데 이러한 현실에 대한 환멸감을 갖고 있다 하더라도 그것이 60년대의 초기 시에는 별로 두드러지게 드러나지 않았다. 그것은 시라는 양식이 현실과 무관하게 이미지나 메타포만으로 존재할 수 있는 언어 예술물이라는 인식이 60년대 시인을 거의 지배하다시피 했기 때문이다. 1965년에 발표된 다음의 시는 이미지의 조형성으로 시가 존립할 수 있다는 명제의 중요한 근거가 되어줄 작품이다.

창유리를 닫으면 누런 벌레들로 굴러떨어지는 햇볕들. 사진틀 속에 끼워 꿈틀거리는 나를 비워내는데 더듬이로 나이를 헤집어가며 야망의 강물바닥에 꽂힌 흔들리는 수초의 잎 끝에 기포의 형태로 올라오는 많은 얼굴들 자꾸자꾸 잃었던 얼굴들을 건져올리는데, 아니 정수리에서 예감의 그물을 풀어내리는 바람들은 패각 위 나선형의 층계에 홈턱마다에 갇힌 바다를 일으키는데 아하

나는 보겠다. 바다들이 색색깔의 얼굴을 깨뜨릴 때 튀어오르는 물고기의 몸뚱이마다 선〔立〕 중량들을. 저것이었을까 이승에 떨구는 발소리마다에 머무는 내 무거운 뜻이 내 무거운 뜻이.

—「비유를 나무로 한 나의 노래는」 중에서

사물의 개별적 이미지에 충실하겠다는 태도는 볼 수 없는 대상들까지도 복수로 지칭하는 고집으로 튕겨져 나타났다. 우리말에서는 명사 뒤에 복수를 나타내는 접미사 '들'을 붙

이지 않는 것이 자연스러운데 위의 시에서는 접미사 '들'이 아주 빈번하게 사용되고 있다. '벌레들, 얼굴들'의 들은 그래도 수긍할 수 있는데, 여기에서는 '햇볕들, 바람들, 바다들' 등 눈으로 분간할 수 없는 사물들까지 복수화하여 지칭하고 있다. 이것은 사물의 미세한 움직임 하나하나를 포착하여 그것에 부합하는 이미지나 메타포로 직조해내겠다는 의지의 표현이다. 그래서 유리창에 부서지는 햇볕을 창에 부딪혀 굴러떨어지는 누런 벌레의 메타포로 나타낸다. 햇살 하나하나가 미세하게 번져가는 모습을 나타내려다 보니까 '벌레들, 햇볕들' 같은 복수형 지칭이 어쩔 수 없이 뒤따르게 된 것이다. 그뿐만 아니라 의식의 내면에 떠올라 명멸하는 영상들의 착잡하고 모호한 정황을 나타내기 위해 '패각 위 나선형의 층계'라는 낯선 말이 선택된다. 패각은 일본식 한자어로 조개껍질이란 뜻이고 나선형이란 소리기둥처럼 둥글게 회전하는 모양을 말한다. 요컨대 이 말은 내면의 의식 속에 다채로운 영상이 떠오르는 것을 시각적으로 묘사하기 위해 동원된 말이다. 이처럼 이 시는 의미의 맥락보다는 이미지와 메타포로 토대가 구축된 작품이라 할 만하다.

여기에 비해 1970년에 발표된 다음의 시는 단순한 이미지나 메타포만이 아니라 시인의 자의식이 상당히 중요한 요소로 부각되고 있음을 보여준다.

> 어둠 속에 눈이 내린다.
> 무수히 번득이는 그 허무의 칼날 아래

시든 언어들은 떨어지고
어딘가 빈 의자들 사이 참혹히 죽어 떨어진
연대(年代)를 휩쓸어
텅 비어버린 나의 강의실엔 눈이 내리고
빨간 불빛 속에 영그는 낱말 몇 덩이
어두운 기둥의 못에 걸려 퍼덕거리는 바람의 질의.
습관의 의자들 사이 앉아
몇 가지의 경험을 교환하며 불붙이고 우리는 듣는다
저 가는 연기 속에 올올이 끌려지는 믿음의 끈과
어느 한 가닥에 뛰어다니는 침묵의 발소리들을.
아 한때 거만한 말씀들이, 순금의 햇볕들이 기어다니는 이 교실
시대의 차가운 손톱 끝에 몇 덩이의 질문을 튕겨버리고
비어 있는 공간 속의 긴 낭하를 내려오며
우리는 보았지, 실의의 휴지통 속에 꾸겨 던지는
이십대.

—「겨울 강의실」 중에서

이 시에도 이미지의 촉수가 동물의 본능처럼 몸을 내밀고 있다. "빨간 불빛 속에 영그는 낱말 몇 덩이"라든가 "어두운 기둥의 못에 걸려 퍼덕거리는 바람의 질의" "뛰어다니는 침묵의 발소리" 등의 시구가 그것이다. 강의실에서 사용되는 언어도 열매의 이미지로 가시화하고 무형의 바람도 못에 걸

려 퍼덕거리는 모습으로 이미지화하는 수법은 이 시인의 일관된 시작 방법이다. 그런데 그러한 이미지의 배면에 더욱 짙게 울려오는 것은 폐허와 같은 강의실에서 읊조리는 시인의 음울한 육성이다. 어리둥절한 시대를 만나 나약한 언어로 무엇을 어떻게 감당해야 하는지도 모른 채 어딘가로 표류해 가는, 실의에 잠긴 젊은 세대의 육성이 들려오고 있다. 그가 마주한 '허무의 칼날' 앞에 대처하기에는 강의실에서 얻은 '거만한 말씀' 몇 가닥이 너무나 무력하다. 시대의 차가운 손톱 끝에 언어는 참혹히 죽어 최후를 맞이할 뿐이다.

여기에는 참담한 현실 속에 공부를 하고 시를 써야 하는 젊은 시인의 자의식이 담겨 있다. 지식인으로서의 현실에 대한 환멸감은 농촌 출신으로서 빈궁 체험의 토대 위에 세워진 환멸감과는 구별된다. 그러나 그 두 환멸의 축은 다른 방향에서 서로를 강화하며 현실을 암울한 폐허로 인식하도록 몰아간다. 그 폐허의식이 60년대 이후 시 습작 교육의 결과로 정착된 이미지와 메타포 탐구의 경향과 결합된 작품이 이 글의 맨 앞에서 검토한 「밤」이다. 그 이후 홍신선의 시적 전개에서 환멸의 자의식은 시대 상황에 따라 변화를 보이지만 이미지, 메타포에 대한 관심은 창작의 지속적 동력으로 작용한다. 그만큼 시작 초기에 습득한 시론의 배경이라든가 작시법의 영향은 일생에 걸쳐 지속적인 힘을 행사한다는 것을 알 수 있다.

환멸의 자의식이랄까, 현실에 대한 부정의식이 시간의 흐름에 따라 변화를 보이는 것은 인간의 삶에 있어 자연스러운 일이고 당연한 일이다. 가령 억압적 정치 현실 때문에 괴로워하던 시인이 그 현실이 바뀌었을 때 괴로움과 분노가 다른 가락으로 전환되는 것은 자연스러운 일이다. 그렇지 않은 경우라 하더라도 폐허의식과 환멸감을 끝까지 유지한다는 것은 기대하기 어렵다. 일상 속에 살아가야 하는 인간의 정신이라면 부정의식의 일방적 극대화를 감당하지 못할 것이다. 그래서인지 시인은 1972년에 발표한 「가거라 이제」라는 시에서 바람을 호명하며 아픔을 다 찾아 데리고 여기서 떠나가라고 말한다. 자신은 "피냄새나/잘 보이는/여기 나는 남겠다"고 속으로 다짐한다. 이 발언은 고통의 응어리에서 벗어나고 싶어하는 마음의 움직임을 드러낸다. 그러나 아픔을 떠나 현실에 안주하기에는 그의 나이가 싱싱하게 젊었다.

따라서 펄펄 끓는 이십대 청년 시인으로서 이미지의 역동성과 시대에 대한 환멸감을 정제된 언어로 펼쳐기는 것이 이 단계의 그의 방법론이 될 수밖에 없었다. 그 이후의 시에서 자의식은 깊어지고 사물을 보는 눈도 깊어진다. 그래서 내면과 외관을 대비·병치하는 방법을 통해 새로운 구도의 미학을 창출해내는데, 거기에는 성숙한 자아의 조응과 융합의 시선이 필요하다. 그러한 내적 성숙의 시간과 멀리 떨어져 있는 이십대의 지점에서는 이미지의 역동성과 환멸의 자의식이 날것 그대로의 모습으로 돌출될 수밖에 없었던 것이다.

문학동네 포에지 2024
서벽당집

초판인쇄 | 2001년 1월 16일
초판발행 | 2001년 1월 26일

지 은 이 | 홍신선
책임편집 | 이진영 정미영 조연주
펴 낸 이 | 강병선
펴 낸 곳 | (주)문학동네
출판등록 | 1993년 10월 22일 제22-188호

주　　소 | 136-034 서울시 성북구 동소문동 4가 260번지 동소문빌딩 6층
전자우편 | editor@munhak.com
하이텔 : podo1
천리안 : greenpen
전화번호 | 927-6790~5, 927-6751~2
팩　　스 | 927-6753

ISBN 89-8281-351-9 02810
* 잘못된 책은 바꿔드립니다.

www.munhak.com